夜を旅するもの

日笠芙美子

思潮社

夜を旅するもの

日笠芙美子

思潮社

目次

装幀＝思潮社装幀室

夜を旅するもの

誕生日

いくつもの夜を通って
わたしはうまれたのです
一滴の水の産声で

はじめてみた夜明けの空は
あかるく澄んで
どこまでもひろがっているようでした

呼んだのです

わたしは母を
母はわたしを

いくつもの水辺を通って
母はうまれるのです
秋の光をこぼしながら

みえないものの
声や光に包まれて
わたしは夜を旅するものです

夜はふたたび
ふかく澄んで誘うのです
沈めた清濁の流れに

はじめてのひと足で
夜のなかに入っていきます
だれもしらないわたしの誕生日

今夜
産道のような路地に
灯りをともしているのは母です

なんどもうまれて
母もわたしも帰っていくのです
呼ばれた　あの場所へ

這うもの

朝の玄関の戸を開けると
いっぴきのシマ蛇がいた
濃い霧のなかを迷ったのだろうか
夜を這うものとして現れたのだろうか

思わずあげた声にも身じろがず
ひときれの言葉の静かさで
それはそこにいた

玄関口の石の上に
いま生まれたばかりのように
細長い体をよじらせている
生きているのか　息絶えているのか
生と死は似ていて
ひりひりする孤独のなかにある

言葉の出口は深く
進めば進むほど狭くなっていく
角をまがるごとに
身を縮めたり　くねらしたりしながら
目と耳になって這っていく
生む喜びと苦しみは
どちらが大きいのだろう

もうすぐだ
蛇はするすると庭の草むらに入っていった
あとには秋の風が
いっぴきの蛇など
どこにもいなかったと吹きすぎる

おかえり
よみがえりの秋
わたしを呼ぶ母の声がする

ホタルランプ

真夜中　トイレに起きると
決まってあらわれる長い廊下
どこまで続いているのだろう
ホタルランプが青い光を点けている

素足とパジャマで
ひと足ひと足　歩くごとに
自分がなにものなのか
どこにいるのかわからなくなる

名前も顔もないものになっている

むこうの明るい原っぱで
太郎や涼太や桃子たちが
風や雲やススキたちが
挨拶やお辞儀をくり返している
あたらしい名前で呼ばれたのだろうか

二万年前に生まれたわたしは
男性に十七回　女性に八回
二十五回生まれ変わった　と
遊びで開いたパソコン占いの姓名判断

嘘が本当で

本当が嘘のような
この世の出来事
それでも地球はまわり
人も季節もめぐっていく

今夜は中秋の名月
蒼い光が地上を照らし
原っぱも廊下もわたしも
宙空を見上げている
遠い日においてきた忘れもののように

呼ばれて

だれかの右腕が
首にかかる
息が苦しくなって
自分の右手で
力いっぱい押し返している

声もなく格闘している二本の腕を
夢のなかに置いたまま
目が覚める

部屋の暗闇で
空気清浄機の赤いランプが点滅している
憎しみも恐怖も
いつもふいにかたちを現わす
（いつかどこかで　汚れちまった情念）

夜を旅するものは
知らない名前で呼ばれるときがある
はい　と
いつまでも治らない傷や鞄をかかえて
夜の深みに入っていく
（死も生も　新しく生きるために）

置いて来た胸のように
午前二時の窓に
小さな灯りがともる

近くなったり遠くなったりしながら
ずっと歩いている
ときには苦しさに吐きながら
光のなかに
言葉のなかに
生まれでようとするものたち

夜が泣いた

右の脇腹あたりが
すうすうして
目が覚める
ドアが少し開いていて
だれが
出ていったのか　帰ってきたのか

青白い月の
光の指が

ひんやりとした肌のうえを撫でる
一面にススキが立ちあがり
ゆれるざわめきの原に
一本のススキになって立っている

夜の縁側で
母とふたり並んで
黙って見上げていた中秋の名月
あのとき
母もわたしもどこにいたのだろう
透き通ったひととき

「もう帰えれえ　暗うならんうちに」
母の声に押されて

わたしは一人帰っていく
深まる秋を踏みしめると
足元できゅっきゅっと
夜が泣いた

少しずつ目覚めていく
朝の夢のなかに
温もりの掌を置いて
ゆすっているのはだれ
光のしずくをこぼしながら
わたしはまだ夢のなかにいる

一本の傘で

忘れものを取りに帰るには
　もう遅すぎるのだろうか
青い和紙のメモ帳が
引き出しの奥から出てくる

いつ渡されたのだろう
遅れて届いたその言葉は
開いたページの片隅に
隠れるように立っていた

隔たった年月の
白いページをめくると
雨が降りはじめる

今夜は
一本の夜の傘で
肩先を濡らしながら
雨のなかを帰ろう
公園のそばの街中のマンション
遠い日の
中空のあの部屋

いつまでも

灯りがつかない窓があり
その暗がりで
蟋蟀が鳴いている
帰らなかったものたちの声で

玄関に
濡れた傘を立てかけて
濡れた靴を脱ぐと
そこからはもう濃い闇になる

わたしの夜は
いつも
なにかを失って生きている

*

寒冷前線

おお寒い
夢の中で
身震いする

目を開けると
茶色のトランクが
夜にぽつんと置かれてある

今夜の最終列車の

忘れ物のように

肩に白い雪を乗せて
疲れた重い胸を
掻きあわせている

それは
遠い日に見たことがある
手品師と並んで
列車に揺られていくのを

旅から旅に運ばれて
種も仕掛けもある
だまし騙されもした日々

降り積もった年月の
蓋を開ければ
しろい煙にまかれた人生かもしれない
底を降りて行けば
永遠の時を生きるバンパネラかもしれない

寒冷前線が南下した夜
わたしも
トランクも
世界も
まだ何も知らず
降りしきる雪の中にある

砂の音が

眠っている掌に
だれかの手が重ねられている

どこか懐かしい温もりを
そっと握ると
砂になってこぼれていく

あっ　待ってと
こぼれる砂をかき集めるのだが

夜の部屋は
流れる砂の音でいっぱいになる

西窓の方から
風が吹いてきて
あたりいちめん　砂の海になる

抜き差しならない夢から
目を覚ますと
暗闇に赤い受信ランプがついている

受話器をとると
舟を漕いでいくひとがいる
乾いた波の音が

いのちを伝えてくる

わたしたちは
夜毎の夢の中から生まれ
未生の夜明けに打ち上げられるもの

そして
閉じていた目をゆっくりと開き
濡れた眼のようなこの朝も
また夢かもしれないと

帰郷

赤い信号機が点滅して
踏み切りの遮断機が降りる

その向こうは一本道
ゆるい坂をおりると
家はもうすぐだ

今も
戸口は開けてあるだろう

ただいま　と
声が戻ってくるように

ともした小さな灯りは
おかえり　と
一晩中瞬いているだろう

電車の波はやってきては通り過ぎ
貨物列車は時代を繋いで
暗い影を曳いて切れ目がない

そうしていつから
ここに立っていたのだろう
生まれる前からか

雪が舞う夕方からか
気がつけば
濃いミルクのような霧のなかにいる

坂道も田圃も　用水も水鳥も
家並みも外灯も　庭の山茶花も
まだ何も視えなかった遠い日に
今夜は帰っていく

生きよ　と
体の奥に残っている声がして
ふり向くと
おおきな今朝の太陽が
踏み切りの向こうから昇ってくるところだ

門へ

ようやく文学入門の門に
　入れてもらえたかなと思っています
メールをくれた詩人は
急ぐように逝ってしまった

世界も　人も
闇や謎にみちていて
わたしは夜を歩くものです

わたしとはだれか
わたしとはなにか
ことばの灯をかかげています

一寸先の闇を照らす
小さな灯りの輪に
門が
一瞬みえるときがあります
その前で黒い影が
問いのように立っていますが
夢かもしれません

詩人の灯　光は言葉です
詩人の言葉を持って歩いて（問うて）ゆきたいです

メールに残して詩人は
どの辺りにいるのでしょう

とおい闇の底から
裸足で逃げてきた女も
戸口に還ってきた兵士も
草むらに潜む蛇も
わたしから生まれるのです
いのちに灯をともす
わたしの旅は　いつも独りです

門は
近づいたり　遠のいたりして
まぼろしかも知れません

目を開いて
今夜も歩いて行くのです

湧いてくる

さむい冬の夜道を歩いていると
ふいにコトバがとだえて
ふり向くと
あのひとがいない

息づかいも手のひらも
どこに消えたのだろう

二月の夜の道には

まるい池のような水たまりがあって
小さな湧水が
水面を盛り上げている

水の奥から水が
たえず湧きあがるひとところが
わたしの内にも
まだ在ったのだ

それは夜の恩恵のように
しずかにわたしを温めてくれた

恐れずに行きなさい
濡れているあのひとの声は

ふかい夜の眼差し

いつものように
わたしは夜のなかに独りいて
おお寒い
今夜はとびっきりの寒さだが

朝の戸口には
しろい息をはきながら
あたらしいコトバの
一行で立っていたい

*

道しるべ

黄色いヘルメットのひとが
しろいチョークで
一本の線を引いている

そのひとは
道しるべのように立って
とんでもない所にでるから
ひきかえすようにと
粉のついた指先で言う

（昼間　迷って道を聞いたひとだ）

細々としろい線は
夜のなかに伸びていて
どこかで沈丁花が匂っている

朝の庭で
かたい土を掘り起こしていたら
眠っていた蛙やミミズを切断してしまった
そのまま土にかえしたが
わたしの夢も切れたのだろう

午後の明るいホテルのロビーで
待っているあのひとの所へ

急いでいたわたしの途上を
ざっくりと割ったのも
わたしだったかもしれない
（いつも偶然は必然）

ばらばらになった
目も耳も鼻も　乳房も手足も
無にかえして
闇に埋もれている

夜の胸を突いて
あたらしく膨らんでくるものがある
眼や耳で伸びてくるものがある
チョークの線が道になるときがある

沈丁花が強く匂って
(再生への道)

発芽

そこだけ明るい花屋の
色とりどりの美しい花たちの店先で
コトバの種を売っている

数に限りがあるらしく
何人か並んでいる後に立っていると
今夜はここまでですと
夜の声に遮られる

意味もかたちもない
まだ名付けようのないそれは
重くて抱えきれないだろうか
羽のように飛んでいくだろうか
雑草になってはびこるだろうか

ひんやり湿った胸の内に
パラパラと種を蒔く影を落として
夜の道を帰っていく

赤信号が点滅する
踏み切りの遮断機が上がると
ゆるい坂の

一本道を降りたところに
わたしの家がある

夜の部屋には
わたしと　わたしでないものが
共存している

夜半　目を覚ますと
部屋は発熱しており
ひりひりする喉元を
昇ってくるものがある
風邪かしらん

身を捩じらせて

夜を吐きながら
コトバに育てられている

花の夢

坂を下りて
霧のなかを帰ってくると
庭の沈丁花が匂っている

部屋には明かりがついていて
話し声がする
先に帰ってきた者たちがいるのだ

そっとドアを開ける

お風呂からあがったばかりの
妹や弟がリビングではしゃいでいる
すき焼き　すき焼きだ
母の白い手がひらひら動いて

どうやら今夜はすき焼きらしい
襖の向こうの座敷では
祖母や父や
叔父や叔母たちが
一夜の顔を揃えている

母は手際よく
牛肉を砂糖と醤油でからめ
次々に野菜やコンニャクや豆腐を入れていく

鍋は甘辛い夜に満たされて
もう溢れそうだ

やがて見えなくなるだろう
夜のドアの向こうには
そんな部屋が在る

目を覚ますと
うす闇に沈丁花が匂っている
蕾を開いている
もう一度
眼を閉じて
花の夢に入っていく

放つ

まっすぐなまなざしで見つめる
ありったけのちからを込めて放つ
地上の坂道をころがる
一個の紅いリンゴ
世界が息をつめ静まりかえった
そのとき

だが
ことばはいつも届かない

風のあとのような余白が残る

夜の窓から
うすい紙をちぎっては風に飛ばす
ことばにならないことばは
白い花びらになって
流れていった

花びらのような灯りがともる家並み
懐かしい水音がして
しろい骨が洗われている
あれは　わたしの喉仏
いつか澄んだ声で歌うだろうか
辿りつかないことばの

その遠さや
やさしさについて

素足から昇ってくる
甘酸っぱい汁に溢れながら
今夜わたしは
一人のリンゴ
届けられた夜の声の
ささやかな重さの

*

酔って

日が沈みかけた頃
庭の草を抜いている

掘り起こせば
細い根は地中深くめぐっている
名もない草も
土に生かされていて
抜いても抜いてもまた生えてくるだろう

それでも
汗びっしょりになって
シャワーをあびて
缶ビールをあけると
だれかに感謝したくなる
一日のおわり

流れていく喉越しの向こうに
ひんやり冷やされて
あたらしい世界の叢がありそうで
もう一本　缶ビールをあける

ゆらりと傾いて
部屋は

夜の庭になる

今朝おちていた蟬のむくろが
土のなかで鳴き出すと
いっせいに声をあげる夜の蟬たち
静かな炎に包まれている

草むらに置いてきた
シマ蛇の脱け殻を
月の光が照らしている
鮮やかな縞模様が妖しく
身をくねらせている

今夜は酔って

ふらふらと夢のなかに揺れるわたし
虫に刺された腕の痒みがいつまでも治らない
夢から覚めた朝のわたし

どちらも短い夢かもしれないと
朝一番に蟬が鳴く

連想ゲーム

携帯電話が鳴っている
夜の草むらのなか
いまどこにいるの
わたしの声だったか
あのひとの声だったか

点滅しながら呼びあっている
乱れ飛ぶ水辺のホタル
いまどこにいるの

吐息はわたしだったか
あのひとだったか

音もなく開いては消える
夜空のとおい花火
いまどこにいるの
沈黙はわたしだったか
あのひとだったか

白い骨が明るんでいる
原っぱの所どころで
いまどこにいるの
喉仏はわたしだったか
あのひとだったか

裸足の踝が見え隠れしている
夜の衣を脱いで
いまどこにいるの
奔るのはわたしだったたか
あのひとだったたか

夜明けまでの
わたしたちの
危ないあそび

果実は夜に

売れない桃です
捨てるには忍びないので　と
今朝
どっさりと
玄関先に置いていったのは
だれだったのだろう

うっすらと汗を滲ませて
桃が匂っている

夜の指先が
くり返しなぞっているのだろう
深まるごとに
いっそう強く匂って
夜が桃なのか
桃が夜なのか
わからなくなる

いびつなかたちも
虫食いの傷も
くちた指のあとも
果実は一つひとつ
まっすぐ夜に熟れていく

さくら色に染まって
やわらいでいく
うぶ毛が光って波打っていく
桃はつぎつぎと
夢のなかに寄せて来ては
もうなにも見えなくなる

ぼんやりと
まぶたの淵が明るんで
もうすぐだ
声は
夜だった　朝だった？

嵐のあと

泣きながら歩いている
歩きながら声をあげている
声をあげながら泣いている
自分の声で目が覚める

いつだったか
そんなふうにして夜の街を歩いたことがある

流れる車や人のなかを

性別も名前もなくして
だれからも遠く
どんな場所からも離れて

あのとき
わたしはだれだったのだろう
ちいさな明け暮れにも
だれでもない時が
人にはあるのだろう

今夜は
稲妻が空を駆け巡り
雷は近づいたり　遠ざかったりした
風は雨を呼んで

雨は風を呼んで
哀しみのような　怒りのようなものが
世界を覆っていく

こんな夜どこかで泣いている
きれぎれに聞こえる声は
どのときのわたしだろう

静かに夜の目が濡れている
わたしの目が映っている
一滴の目薬が落ちてきて
青い痛みのような
朝がひろがっていく

声もなく

耳の奥で
だれかが哭いている
声もなく涙をながしている

そんな夜は決まって
耳鳴りがするのだ

ツー　ツー　ツー
あのひとはいつも旅の途中で

今夜はもう
電波の届かない街にいるのだろうか
路地裏で
さびしく酔いつぶれているのかもしれない
いつまでも遠くで鳴っている電話

ジー　ジー　ジー
アカパンサスの花芯に手足をかけたまま
一匹の油蟬の脱け殻が
夜の庭で鳴きだすと
いっせいに鳴きだす無数の蟬たち
世界が深い沈黙になるとき
わたしはどこにいるのだろう

ウー　ウー　ウー
救急車の音が近づいて遠ざかる
また誰かが
あの角を曲がったのだろう
重いのか軽いのか分からない
わたしの言葉は
濃い霧になって流れていく

耳の辺が明るんで
もうすぐ
夜が明ける

言葉は

身体に
うすい膜のようなものが張って
脱がなければと
夜の間でもがいていている
　そうやって
なんども脱ぎすててきた
あたらしいあしたを
あたらしいことばを

身を捩じらせてあがいても
今夜は
腰から下が抜け出せない
あと少しだ
　肩にかかる息づかい
少しずつ埋もれていく歳月
くるだろうかあしたは
くるだろうかことばは

焦る波紋のまわりに
蛇や蟬のぬけがらが寄せてくる
夜の波動が呼び寄せたものに
声をあげているわたしは

そのとき一匹のシマ蛇だった
背中の割れた一匹のアブラ蟬だった
またあたらしいあしたの
またあたらしいことばの

寝返りをうつと
傍らであのひとが寝息をたてている
しずかに上下する胸は
白い包帯で出来ている
治らない傷も　怖い夢も
巻いては解き　解いては巻く
つないでいくあたらしいあしたまで
つないでいくあたらしいことばまで

世界の夜の隅の
百年の夢に目覚めるとき
わたしたちは　またあたらしい

あとがき

私の夜の旅は途上のままです。不明なままです。

それでもいつか夢から覚めた私は、まだ生まれていないかもしれないわたしに会えるでしょう。

いのちはめぐりめぐっていて、言葉は祈りです。

作品は「ネビューラ」「舟」に発表したものですが、まとめるにあたり、一部を推敲したり、改題したものもあります。

いつも励ましてくださった詩友の方たち、お世話になりました思潮社の遠藤みどり様に、心から感謝申し上げます。

二〇一八年七月

日笠芙美子

日笠芙美子（ひかさ・ふみこ）

一九四二年　岡山県に生まれる
一九七五年　詩集『馬もえる』詩の会・裸足
一九七九年　詩集『樹・夜の腕に』詩の会・裸足
一九八五年　詩集『浮き巣』詩の会・裸足
一九九〇年　詩集『エルが駆けてくる』手帖舎
一九九七年　詩集『夜を充ちて』レアリテの会
一九九九年　詩画集『むらさきが丘に来ませんか』詩の会・裸足
二〇〇六年　詩集『海と巻貝』砂子屋書房　第十八回富田砕花賞・第七回中四国詩人賞
二〇〇九年　詩集『夜の流木』砂子屋書房
二〇一二年　エッセイ集『土への祈り』日本文教出版株式会社
二〇一二年　詩集『秋の腕』思潮社
二〇一五年　詩集『鍵穴がない』本多企画

所属
「舟」「ネビューラ」同人
日本現代詩人会　日本詩人クラブ　中四国詩人会　岡山県詩人協会

現住所
〒七〇一―〇三〇三　岡山県都窪郡早島町前潟三五七―四

夜《よる》を旅《たび》するもの

著者
日笠芙美子《ひかさふみこ》
発行者
小田久郎
発行所
株式会社思潮社
〒一六二―〇八四二　東京都新宿区市谷砂土原町三―十五
電話〇三（三二六七）八一五三(営業)・八一四一(編集)
ＦＡＸ〇三（三二六七）八一四二
印刷
創栄図書印刷株式会社
製本
小高製本工業株式会社
発行日
二〇一八年九月三十日